Rabindranath Tagore

Gitanjali

Rabindranath Tagore
Illustration zur Originalausgabe von 1913

Rabindranath Tagore

Gitanjali

Gebete, Lieder und Gedichte

Mit einem Vorwort von W. B. Yeats

Aus dem Englischen übersetzt
von Axel Monte

ANACONDA

Bildnachweis zum Frontispiz:
Sir William Rothenstein (1872–1945), Portrait of Sir Rabindranath Tagore (1912), Private Collection / The Stapleton Collection / bridgemanart.com

Die Deutsche Nationalbibliothek verzeichnet diese Publikation in der Deutschen Nationalbibliografie; detaillierte bibliografische Daten sind im Internet unter http://dnb.d-nb.de abrufbar.

Umschlagmotiv: Traditional Indian patchwork,
Foto: iStockphoto.com / © PaulCowan
Umschlaggestaltung: Druckfrei. Dagmar Herrmann, Köln
Satz und Layout: InterMedia – Lemke e. K., Ratingen
Printed in Czech Republic 2013
ISBN 978-3-7306-0022-1
www.anacondaverlag.de
info@anacondaverlag.de

Für
William Rothenstein

VORWORT

Vor ein paar Tagen sagte ich zu einem angesehenen bengalischen Doktor der Medizin: »Ich verstehe kein Deutsch, doch wenn mich die Übersetzung eines deutschen Dichters berührt, gehe ich ins Britische Museum[1] und suche nach englischen Büchern, die mir etwas über sein Leben und die Entwicklung seines Denkens verraten. Aber obwohl diese Prosaübersetzungen von Rabindranath Tagore meine Gefühle aufgewühlt haben wie seit Jahren nichts mehr, werde ich nicht das Geringste über sein Leben erfahren, oder über die Entwicklung seines Denkens, das diese Übersetzungen ermöglicht hat, wenn nicht irgendein Inder, der unser Land bereist, mir etwas darüber erzahlt.« Dem Doktor schien es ganz selbstverständlich, dass ich so berührt war, denn er antwortete: »Ich lese jeden Tag Tagore, eine Zeile von ihm lässt einen allen Ärger der Welt vergessen.« Ich sagte: »Bei uns wäre es in der Zeit von Richard II. so gewesen, wenn ein Londoner Übersetzungen von Petrarca oder Dante zu sehen bekommen hätte. Er hätte keine Bücher finden können, die ihm auf seine Fragen Antwort zu geben vermocht hätten. Wie ich heute Sie, würde er damals einen florentinischen Bankier oder lombardischen Händler gefragt haben. Denn ich weiß nur, dass diese Lyrik außerordentlich gehaltvoll und schlicht ist und diese neue Renaissance[2] in Ihrem Land begonnen hat, von der ich bloß durch Hörensagen erfahren habe.« Der Inder erwiderte: »Wir haben auch andere Dichter, doch keiner kommt ihm gleich. Wir nennen es das Zeitalter von Tagore. In Europa scheint mir kein Dichter so berühmt zu sein, wie er es bei uns ist. In der Musik ist er eine ebensolche Größe wie in der Dichtkunst. Seine Lieder werden gesungen, wo immer Bengali gesprochen wird, vom Westen Indiens bis nach Burma. Schon mit neunzehn erlangte Tagore Berühmtheit, als er seinen ersten Roman verfasste, und die Bühnenstücke, die er kurz darauf schrieb, werden in Kalkutta noch heute aufgeführt. Ich bewundere im höchsten Maße seine Vielseitigkeit. Als er jung war, schrieb er vor allem über die Natur, den ganzen Tag saß er in seinem Garten. Ungefähr von seinem fünfundzwanzigsten bis zu seinem fünfunddreißigsten Lebensjahr, als er großen Kummer litt, schrieb er die schönste Liebeslyrik, die es in unserer Sprache gibt.« Tief bewegt fügte er hinzu: »Worte vermögen nicht auszudrücken, was ich als Siebzehnjähriger seinen Liebesgedichten verdankte. Danach gewann seine Kunst an Tiefe, sie wurde religiös und philosophisch; in seinen Hymnen findet sich die Inspiration der ganzen Menschheit. Er ist der erste von unseren Heiligen, der dem Leben nicht entsagt, sondern aus dem Leben selbst heraus gesprochen hat, das ist der Grund, warum wir ihm unsere Liebe entgegenbringen.« Vielleicht gebe ich seine gut gewählten Worte aus der Erinnerung nicht exakt wieder, aber genau das wollte er ausdrücken. »Vor kurzem hielt Tagore eine Andacht in einer unserer Kirchen – wir von der Brahmo Samaj[3] verwenden auf Englisch das Wort ›Kirche‹ –, es war die größte in Kalkutta, und sie war nicht bloß überfüllt, sondern es gab wegen der vielen Leute auch auf der Straße davor kein Durchkommen mehr.«

Ich traf noch andere Inder und ihre Verehrung für diesen Menschen klingt seltsam in unserer Welt, wo wir große und kleine Dinge unter ein und demselben Schleier offensichtlicher Komödie und halb ernst gemeinter Herabsetzung verbergen. Als wir die Kathedralen errichteten, brachten wir da den Großen unter uns eine ähnliche Verehrung entgegen? Ein Inder sagte mir: »Jeden Morgen gegen drei – ich habe es mit eigenen Augen gesehen – sitzt er zwei Stunden lang reglos in Kontemplation versunken da und sinnt über die Natur Gottes nach. Sein Vater, der Maharishi[4], blieb manchmal den ganzen Tag lang so sitzen. Eines Tages fiel er bei einer Bootsfahrt auf dem Fluss wegen der Schönheit der Landschaft in Versenkung und die Männer an den Riemen mussten acht Stunden lang warten, bevor sie die Fahrt fortsetzen konnten.« Dann erzählte er mir von Tagores Familie und dass sie seit Generationen große Persönlichkeiten hervorbringt. »In heutiger Zeit«, sagte er, »wären da die Künstler Gogonendranath und Abanindranath Tagore, sowie Dwijendranath, Rabindranaths Bruder, der ein bedeutender Philosoph ist. Eichhörnchen kommen von den Zweigen herab und klettern auf seinen Schoß und Vögel lassen sich auf seiner Hand nieder.« Ich bemerke im Denken dieser Menschen ein Gespür für sichtbare Schönheit und Sinnhaftigkeit, als würden sie Nietzsches Ansicht teilen, dass wir an keine moralische oder intellektuelle Schönheit glauben dürfen, die sich nicht früher oder später in den materiellen Dingen zeigt. Ich sagte: »Im Orient verstehen es die Familien, ihren guten Ruf zu bewahren. Erst gestern machte mich der Kurator eines Museums auf einen kleinen dunkelhäutigen Mann aufmerksam, der dort die chinesischen Drucke ordnete, und sagte: ›Das ist in dieser Generation der Kunstkenner der japanischen Kaiserfamilie, und er ist bereits der Vierzehnte aus der Dynastie, der diesen Posten innehat.‹« Der Inder erwiderte: »Von Kindheit an war Rabindranath zu Hause überall von Literatur und Musik umgeben.« Ich dachte an die Fülle und die Schlichtheit der Gedichte und fragte: »Gibt es in Ihrem Land viel propagandistisches Geschreibe, viel Kritik? Wir müssen jede Menge davon schreiben, besonders in meinem Land, so dass unsere Geister allmählich aufhören, schöpferisch zu sein, und wir können doch nichts dagegen tun. Wäre unser Leben nicht ein einziger Kriegszustand, hätten wir keinen Geschmack, wüssten wir nicht, was gut ist, würden weder Zuhörer noch Leser finden. Vier Fünftel unserer Energie verbrauchen wir dafür, den schlechten Geschmack zu bekämpfen, ob in unserem eigenen Geist oder dem der anderen.« – »Ich verstehe«, antwortete er, »wir haben auch unsere Propagandaschriften. In den Dörfern rezitieren sie lange mythologische Gedichte, die aus dem Sanskrit des Mittelalters übernommen werden, und häufig fügen sie Abschnitte ein, die die Leute dazu aufrufen, ihren Pflichten nachzukommen.«

II

Ich habe das Manuskript mit diesen Übersetzungen tagelang mit mir herumgetragen und in Zügen, Bussen und Restaurants gelesen, und nicht selten musste ich unterbrechen, damit kein Fremder sehen konnte, wie sehr es mich berührte. Diese Gedichte – die, so versichern mir meine indischen Freunde, im Original etliche Feinheiten des Rhythmus, unübersetzbare Finessen und Nuancen, als auch Neuerungen im Versmaß aufweisen – breiten in ihrem Denken eine Welt aus, von der ich mein ganzes Leben lang geträumt habe. Das Werk einer verfeinerten Kultur, erscheinen sie dennoch ebenso als ein Gewächs der gewöhnlichen Erde wie Gräser oder Büsche. Eine Tradition, in der Dichtung und Religion ein und dasselbe sind, hat die Jahrhunderte durchlaufen, von Gebildeten und Ungebildeten Metaphern und Gefühle aufgegriffen und der Menge das Denken der Gelehrten und Vornehmen zurückgebracht. Wenn die Zivilisation Bengalens ungebrochen bestehen bleibt, wenn dieser gemeinschaftliche Geist – wie man erahnt – alle durchdringt und nicht wie bei uns in Dutzende Geister, die nichts voneinander wissen, zerbrochen ist, dann wird selbst etwas von dem, was an diesen Versen das Sublimste ist, in ein paar Generationen den Bettler auf der Straße erreicht haben. Als es auch in England nur einen gemeinsamen Geist gab, schrieb Chaucer sein *Troilus and Cressida*, und obwohl er geschrieben hatte, um gelesen oder vorgelesen zu werden – denn unsere Zeit nahte unaufhaltsam –, wurde er noch eine Weile von Spielleuten gesungen. Rabindranath Tagore komponiert, wie Chaucers Vorgänger, Musik für seine Worte, und man spürt in jedem Augenblick, dass er so aus dem Vollen schöpft, so unmittelbar und wagemutig in seiner

Leidenschaft ist, so voller Überraschungen, weil er etwas tut, das nie als seltsam oder unnatürlich betrachtet wurde, oder als etwas, das man verteidigen müsste. Diese Verse werden nicht in kleinen, hübsch gebundenen Büchern auf den Tischen der Damen der Gesellschaft liegen, die nonchalant darin blättern, um über ein unerfülltes Leben zu seufzen, weil sie kein anderes kennen gelernt haben. Diese Verse werden auch nicht von jungen Leuten während ihrer Studienzeit goutiert, um dann beiseite gelegt zu werden, wenn der Ernst des Lebens beginnt, sondern sie werden nach einigen Generationen von Reisenden auf der Landstraße und Flußschiffern auf ihren Booten vor sich hin gesummt werden. Liebende werden, wenn sie die Verse aufsagen, während sie in Trennung aufeinander warten, diese Gottesliebe als einen magischen Brunnen erleben, in den ihre eigene, eher bittere Leidenschaft eintauchen und in dem sie ihre Jugend wiedererlangen kann. In jedem Augenblick fließt das Herz dieses Dichters ohne Zurückhaltung oder Herablassung zu jenen, weil es weiß, dass sie verstehen werden, und es ist selbst vertraut mit deren Lebensumständen. Der

Wanderer mit seinem rotbraunen Gewand, das er trägt, damit man den Staub darauf nicht sieht, das Mädchen, das in ihrem Bett nach Blüten sucht, die aus dem Blumengewinde ihres königlichen Liebhabers gefallen sind, die Dienerin oder die Braut, die im verwaisten Haus auf die Heimkehr des Herrn wartet, das alles sind Bilder des Gott zugewandten Herzens. Blumen und Flüsse, der Klang der Muschelhörner, der starke Regen des indischen Juli, oder die Stimmungen des Herzens in Vereinigung und Trennung; und ein Mann, der auf dem Fluss in einem Boot sitzt und die Laute spielt, wie eine dieser Gestalten voll mysteriöser Bedeutung auf einem chinesischen Gemälde, ist Gott selbst. Ein ganzes Volk, eine ganze Zivilisation, uns unermesslich fremd, scheint in diese Imagination aufgenommen worden zu sein, und doch fühlen wir uns nicht wegen dieser Fremdheit berührt, sondern weil wir unser eigenes Bild erkennen, so als ob wir durch Rossettis *Weidenwald* gewandert seien, oder als ob wir, vielleicht zum ersten Mal in der Literatur, unsere Stimme wie in einem Traum vernommen hätten.

Seit der Renaissance haben die Schriften der europäischen Heiligen – so vertraut uns ihre Metaphern und die allgemeine Struktur ihres Denkens auch sind – aufgehört, unsere Aufmerksamkeit zu fesseln. Wir wissen, dass wir die Welt letztlich aufgeben müssen, und wir sind in Augenblicken des Überdrusses oder der Erhebung daran gewöhnt, ein freiwilliges Aufgeben in Betracht zu ziehen; doch wie können wir, die wir so viel Poesie gelesen, so viele Bilder gesehen und so viel Musik gehört haben, in denen der Aufschrei des Fleisches und der Aufschrei der Seele eins scheinen, sie grob und unsanft aufgeben? Was haben wir mit St. Bernhard gemein, der seine Augen bedeckte, damit sie nicht bei der Schönheit der Schweizer Seen verweilen, oder mit der Rhetorik des Buches der Offenbarung? Wir können, wen wir wollten, in diesem Buch Worte voller Artigkeit finden. »Ich darf nun Abschied nehmen. Sagt mir Lebewohl, meine Brüder! Ich verneige mich vor euch allen und werde gehen. Hier sind die Schlüssel zu meiner Tür – ich erhebe keinen Anspruch mehr auf mein Haus. Ich erbitte nur ein letztes liebes Wort von euch. Eine lange Zeit waren wir Nachbarn gewesen, doch habe ich mehr empfangen als ich zu geben vermochte. Jetzt dämmert der Morgen und die Lampe, die meinen dunklen Winkel erhellte, ist erloschen. Mich hat ein Ruf ereilt und ich bin bereit, auf die Reise zu gehen.« Und es ist unser eigenes Gemüt, wenn es am weitesten von Thomas von Kempen oder Johannes vom Kreuz entfernt ist, das ruft: »Und weil ich dieses Leben liebe, weiß ich, dass ich auch den Tod lieben werde.« Doch dieses Buch lotet nicht nur unsere Gedanken in der Trennung bis in die Tiefe aus. Wir haben nicht gewusst, dass wir Gott lieben, kaum dass wir an ihn glaubten, doch rückblickend auf unser Leben entdecken wir bei unseren Erkundungen der Waldwege, in unserer Freude an den einsamen Orten in den Hügeln, in diesem unerklärlichen Antrag, den wir der Frau, die wir geliebt haben, vergeblich gemacht haben, das Gefühl, das diese hinterhältige Süße hervorgerufen hat. »Es war an dem Tag, als ich mich nicht für dich bereitgehalten hatte, dass du in mein Herz tratst, mein König, ohne Aufforderung, wie ein mir Unbekannter aus der gemeinen Menge, und das Siegel der Ewigkeit auf so manchen flüchtigen Augenblick meines Lebens gedrückt hast.« Dies ist nicht länger die Heiligkeit der Klosterzelle oder der Geißel; nichts als gewissermaßen die höhere Stimmungsebene eines Malers, der den Staub und das Sonnenlicht malt, und wir vernehmen eine ähnliche Stimme beim Heiligen Franziskus und bei William Blake, die in unserer gewalttätigen Geschichte so fremd dazustehen schienen.

III

Wir schreiben dicke Bücher, in denen vielleicht keine Seite so beschaffen ist, das Schreiben vergnüglich zu machen, in einen möglichen allgemeinen Entwurf vertrauend, so wie wir kämpfen und Geld verdienen und unsere Köpfe mit Politik füllen – alles stumpfsinnige Tätigkeiten –, während Tagore, wie die indische Zivilisation selbst, sich damit begnügt, die Seele zu entdecken und sich ihrer Spontaneität zu überlassen. Oft scheint er sein Leben dem von jenen gegenüberzustellen, die mehr nach unserer Art und Weise gelebt haben und scheinbar mehr Gewicht in dieser Welt besitzen, und bleibt dabei immer demütig, als sei er sich nur gewiss, dass sein Weg allein für ihn der beste sei: »Die Menschen gehen heim, schauen mich an und lächeln, sie machen mich verlegen. Wie ein Bettlermädchen sitze ich hier, ziehe meinen Rock übers Gesicht, und wenn sie mich fragen, worauf ich denn warte, senke ich den Blick und gebe keine Antwort.« Ein anderes Mal sagt er in Erinnerung, dass sein Leben einst eine andere Form besaß: »Manche lange Stunde habe ich im Kampf um Gut und Böse verbracht, doch jetzt gefällt es dem Spielgefährten meiner leeren Tage, mein Herz zu sich zu ziehen; und ich weiß nicht, warum mich dieser plötzliche Ruf zu eitler Ziellosigkeit ereilt!« Eine Unschuld, eine Schlichtheit, die man nirgendwo sonst in der Literatur findet, lässt die Vögel und die Blätter ihm so nah erscheinen, wie sie den Kindern sind, und den Wechsel der Jahreszeiten zu großen Ereignissen werden, wie vor der Zeit, als unsere Gedanken sich zwischen sie und uns geschoben haben. Zuweilen frage ich mich, ob er dies aus der Literatur Bengalens hat oder aus der Religion, und ein anderes Mal, wenn ich an die Vögel denke, die sich auf die Hand seines Bruders niederlassen, finde ich Gefallen an dem Gedanken, dass es ererbt sei, ein Mysterium, das über Jahrhunderte gewachsen ist wie die Ritterlichkeit eines Tristans oder eines Pelanore[5]. Wenn er von Kindern spricht, scheint diese Eigenschaft tatsächlich so sehr Teil von ihm selbst zu sein, dass man sich nicht sicher ist, ob er nicht auch von den Heiligen spricht: »Sie bauen Häuser aus Sand und spielen mit Muschelschalen. Aus welken Blättern flechten sie Schiffchen und lassen sie lachend auf der weiten Tiefe schwimmen. Kinder spielen an der Küste der Welten. Sie können weder schwimmen noch Netze auswerfen. Perlenfischer tauchen nach Perlen, Kaufleute segeln auf ihren Schiffen, während Kinder Steinchen sammeln und wieder verstreuen. Sie suchen nicht nach verborgenen Schätzen, wissen nicht, wie man Netze auswirft.«

W. B. YEATS
September 1912

1

Du hast mich nicht enden wollend erschaffen, dir zum Wohlgefallen. Wieder und wieder leerst du dieses zerbrechliche Gefäß, und füllst es stets mit neuem Leben.

Über Hügel und Täler hast du diese zierliche Flöte aus Schilfrohr getragen und ihr mit deinem Hauch ewig neue Melodien entlockt.

Unter der unsterblichen Berührung deiner Hand sprengt mein kleines Herz freudig seine Grenzen und gebiert unsagbare Worte.

Deine unendlichen Gaben empfange ich allein mit meinen ach so kleinen Händen. Zeitalter vergehen, doch der Strom deiner Gaben hält an, und noch immer gibt es Raum zum Füllen.

2

Wenn du mich singen heisst, scheint mein Herz vor Stolz bersten zu wollen. Ich blicke dir ins Angesicht und Tränen netzen meine Augen.

Alles, was in meinem Leben rau und misstönend ist, zerschmilzt zu zarter Harmonie – und meine Anbetung breitet ihre Schwingen aus wie ein beseelter Vogel auf seinem Flug übers Meer.

Ich weiß, dass mein Singen dich erfreut. Ich weiß, nur als Sänger erlange ich deine Gegenwart.

Mit den Spitzen der weit ausgebreiteten Flügel meines Liedes berühre ich deine Füße, die zu erreichen ich nie zu hoffen wagte.

Vom Singen freudetrunken vergesse ich mich und nenne dich, der du mein Herr bist, Freund.

3

Du singst, mein Meister, ich weiß nicht wie. In stummem Erstaunen kann ich nur immer lauschen.

Das Licht deiner Musik erleuchtet die Welt. Der Lebenshauch deiner Musik durchweht die Himmel. Der heilige Strom deiner Musik durchbricht alle Hindernisse aus Stein und fließt tosend fort.

Mein Herz sehnt sich danach, einzustimmen in dein Lied, doch vergeblich müht es sich um einen Ton. Ich möchte sprechen, doch Worte allein münden nicht in Gesang, so schluchze ich ratlos auf. Ach, du hältst mein Herz in den endlosen Maschen deines Liedes gefangen, mein Meister!

4

O Leben meines Lebens, immer will ich mich bemühen, meinen Leib rein zu halten, wissend, dass deine lebendige Berührung auf all meinen Gliedern liegt.

Immer will ich mich bemühen, alles Unwahre aus meinem Denken fernzuhalten, wissend, dass du die Wahrheit bist, die in meinem Geiste das Licht der Vernunft entzündet hat.

Immer will ich mich bemühen, alle Übel aus meinem Herzen zu vertreiben und meine Liebe am Blühen zu halten, wissend, dass du im Schrein meines Herzens im Allerheiligsten weilst.

Und es soll mein Streben sein, dich in meinem Tun zu offenbaren, wissend, dass deine Macht mir Kraft zum Handeln gibt.

5

Ich erbitte einen Augenblick der Gunst, um an deiner Seite zu sitzen. Die Arbeit, die ich gerade in Händen habe, wird später getan.

Bist du meinem Blick entzogen, kennt mein Herz weder Ruhe noch Rast, meine Arbeit gerät zur endlosen Plage im uferlosen Meer der Mühsal.

Heute ist der Sommer an mein Fenster gekommen, mit seinem Seufzen und Geraune. Die Bienen verrichten ihren Minnedienst am Hofe des Blütenhains.

Jetzt ist es an der Zeit, reglos mit dir dazusitzen, von Angesicht zu Angesicht, und zur Weihe des Lebens zu singen, in dieser stillen, überfließenden Muße.

6

Pflücke diese kleine Blume und nimm sie, zögere nicht!

Ich fürchte, sie wird sonst welken und in den Staub sinken.

Vielleicht findet sie keinen Platz in deinem Blumengewinde, doch ehre sie mit der schmerzhaften Berührung deiner Hand und pflücke sie. Ich fürchte, sonst endet der Tag bevor ich mich's versehe und die Zeit für die Opfergabe wird verstrichen sein.

Mag ihre Farbe auch blass sein und ihr Duft nur schwach, lass dir diese Blume zu Diensten sein und pflücke sie, solange noch Zeit ist.

7

Mein Lied hat all seine Verzierungen abgelegt. Es ist nicht stolz auf Kleid und Schmuck. Geschmeide würde unseren Bund nur stören, sich zwischen uns drängen; sein Klirren könnte leicht dein Flüstern übertönen.

Meine Dichtereitelkeit stirbt vor Scham bei deinem Anblick. O Meisterdichter, ich kauere dir zu Füßen. Lass mein Leben einfach und gerade sein, wie eine Flöte aus Schilfrohr, die du mit Musik erfüllst.

8

Ein Kind, herausgeputzt mit fürstlichen Roben und Perlenketten um den Hals, verliert jegliche Freude an seinem Spiel. Sein Gewand hemmt es bei jedem Schritt.

Aus Angst, es könne Schaden nehmen oder staubig werden, scheut es die Welt und fürchtet gar, sich zu bewegen.

Mutter, deine Fessel aus feinem Tuch ist kein Gewinn, wenn sie uns vom heilsamen Staub der Erde fernhält, und uns verwehrt, am großen Fest des einfachen Menschenlebens teilzuhaben.

9

Du Narr, willst dich selbst auf deinen Schultern tragen! Du Bettler, der du an der eigenen Tür betteln gehst!

Überlasse deine ganze Bürde seinen Händen, der alles zu tragen vermag, und blicke nie mehr mit Bedauern zurück.

Deine Begierde löscht sofort das Licht der Lampe, wenn ihr Atem es berührt. In der Begierde liegt kein Heil – empfange deine Gaben nicht aus ihren unreinen Händen. Nimm nur an, was von wahrhaftiger Liebe dargeboten wird.

10

Hier ist dein Schemel, dort ruhen deine Füße, wo die Ärmsten leben, die Geringsten, die Verlorenen.

Will ich mich zu dir niederbeugen, reicht meine Ehrerbietung nicht bis in jene Tiefe hinab, wo deine Füße ruhen, inmitten der Ärmsten, der Geringsten, der Verlorenen.

Kein Stolz vermag in die Nähe zu gelangen, wo du im Gewand der Demut einhergehst, inmitten der Ärmsten, der Geringsten, der Verlorenen.

Mein Herz wird nie einen Weg dorthin finden, wo du Zweisamkeit pflegst mit den Einsamen, inmitten der Ärmsten, der Geringsten, der Verlorenen.

11

Lass dies Singen heiliger Lieder und das Geklapper mit dem Rosenkranz! Wen betest du an in diesem öden, dunklen Winkel eines Tempels, dessen Tore verschlossen sind? Öffne die Augen und siehe: Dein Gott ist nicht bei dir!

Er ist dort, wo der Bauer den harten Boden pflügt, wo der Pflasterer die Steine bricht. Bei ihnen ist er in Sonnenschein und Regenschauer, sein Gewand mit Staub bedeckt. Lege deinen heiligen Mantel ab und begib dich wie er hinab zur staubigen Erde.

Erlösung? Wo ist diese Erlösung zu finden? Unser Meister selbst hat sich freudig die Fesseln der Schöpfung angelegt; er ist mit uns allen für immer gebunden.

Lass ab von Meditation, Blumen und Weihrauch! Was schadet es, wenn deine Kleider zerreißen und fleckig werden? Gehe zu ihm und stehe ihm bei, in Mühsal und im Schweiße deines Angesichts.

12

Meine Reise dauert lang und der Weg ist weit.

Beim ersten Sonnenstrahl brach ich mit dem Wagen auf, fuhr durch die Wildnis der Welten und ließ auf manchem Stern und Planeten meine Spur zurück.

Es ist der weiteste Umweg, auf dem du dir am nächsten kommst, und jene Übung ist die schwierigste, welche die einfachsten Melodien hervorbringt.

Der Wanderer muss an jede fremde Tür klopfen, um an die seine zu gelangen, und du musst durch die gesamte äußere Welt streifen, um zuletzt den Schrein im Herzen zu erreichen.

Ich habe meine Augen weit umherschweifen lassen, eh' ich sie schloss und sprach: »Hier bist Du!«

Die Frage und der Ruf »Ach wo?« lösten sich in tausend Tränenbächen und überschwemmten die Welt mit der Flut des Versprechens: »Ich bin!«

13

Das Lied, das zu singen ich kam, bleibt bis heute ungesungen.

Ich habe die Tage damit verbracht, wieder und wieder mein Instrument zu stimmen.

Weder Rhythmus noch die rechten Worte sind bisher gefunden, nur der quälende Wunsch nagt in meinem Herzen.

Noch hat sich die Blüte nicht geöffnet, nur der Wind streicht seufzend vorbei.

Weder habe ich sein Angesicht erblickt, noch seiner Stimme gelauscht, nur seinen sachten Schritt vernahm ich auf dem Weg vor meinem Haus.

Der lange Tag verging damit, ihm einen Sitz auf dem Boden zu bereiten; doch die Lampe ist noch nicht entzündet, ich kann ihn nicht ins Haus bitten.

Ich lebe in der Hoffnung, ihm zu begegnen, doch die Zeit ist noch nicht gekommen.

14

Meine Begierden sind zahlreich und mein Weinen erregt Mitleid, aber stets hast du mich gerettet durch strenge Zurückweisung; und diese strenge Barmherzigkeit hat mein Leben durch und durch gewirkt.

Tag für Tag machst du mich würdig deiner schlichten, großen Gaben, die du mir ungefragt darbringst – diesen Himmel und das Licht, diesen Leib und das Leben und den Geist –, rettest mich vor den Gefahren des allzu großen Begehrens.

Es gibt Zeiten, in denen ich träge und zögerlich bin, und Zeiten, wenn ich erwache und eile, mein Ziel zu suchen; doch du verbirgst dich unbarmherzig vor mir.

Tag für Tag machst du mich würdig, von dir ganz und gar angenommen zu werden, indem du mich immer wieder zurückweist, mich vor den Gefahren seichten und unsteten Begehrens bewahrst.

15

ICH BIN HIER, um dir Lieder zu singen. In deinem Saal ist mein Platz in einem Winkel.

In deiner Welt gibt es für mich kein Werk zu vollbringen; mein nutzloses Leben bricht sich allein in absichtslosen Melodien Bahn.

Wenn die Stunde schlägt zu deiner stillen Andacht im düsteren Tempel der Mitternacht, dann befiehl mir, mein Gebieter, vor dir zu singen.

Wenn in der Morgenluft die goldene Harfe gestimmt wird, ehre mich und verlange nach meiner Gegenwart.

16

Ich war geladen zum Fest dieser Welt, daher war mein Leben gesegnet. Meine Augen haben gesehen und meine Ohren haben gehört.

Mir war es auf diesem Fest bestimmt, mein Instrument zu spielen, und ich habe mein Bestes gegeben.

Ist nun endlich die Zeit für mich gekommen, so frage ich, einzutreten, dein Angesicht zu schauen und dir meinen schweigenden Gruß zu entbieten?

17

Nur auf die Liebe warte ich, mich endlich in seine Hände zu geben. Darum ist es so spät, und darum habe ich mich so vieler Versäumnisse schuldig gemacht.

Sie kommen mit ihren Gesetzen und Geboten, um mich fest zu binden, doch gehe ich ihnen stets aus dem Weg, denn ich warte nur auf die Liebe, mich endlich in seine Hände zu geben.

Die Leute tadeln mich, nennen mich unbedacht. Es gibt keine Zweifel, sie haben recht mit ihrem Tadel.

Der Markttag ist vorüber, die Geschäftigen haben ihre Arbeit getan. Jene, die kamen und vergeblich nach mir riefen, sind erzürnt wieder gegangen. Ich warte nur auf die Liebe, mich endlich in seine Hände zu geben.

18

Wolken türmen sich auf und es wird dunkel. Ach, Geliebter, warum lässt du mich ganz allein draußen vor dem Tore stehen?

Im geschäftigen Trubel der Mittagszeit mische ich mich unter die Vielen, aber an diesem dunklen, einsamen Tag bist es du allein, auf den ich hoffe.

Wenn du mir nicht dein Angesicht zeigst, wenn du mich gänzlich unbeachtet lässt, dann weiß ich nicht, wie ich diese langen Regenstunden überstehen soll.

Ich starre unverwandt auf den fernen finstren Himmel, und mein Herz zieht klagend mit dem ruhelosen Wind umher.

19

WENN DU NICHT SPRICHST, will ich mein Herz mit deinem Schweigen füllen und es ertragen. Ich werde stillhalten und warten, wie die Nacht in sternenheller Wachsamkeit mit gesenktem Haupt geduldig harrend.

Der Morgen wird gewiss anbrechen, die Dunkelheit wird schwinden und deine Stimme den Himmel durchbrechen und sich in goldenen Strömen ergießen.

Dann schwingen sich deine Worte in Liedern aus all meinen Vogelnestern empor, und deine Melodien brechen in den Blumen all meiner Haine hervor.

20

Am Tag, an dem der Lotos blühte, ach, da war mein Geist zerstreut, ohne dass ich es merkte. Mein Korb war leer und die Blume blieb unbeachtet.

Nur dann und wann befiel mich eine Traurigkeit, ich schreckte aus meinem Traum und witterte im Südwind die süße Spur eines fremden Duftes.

Diese ungewisse Süße ließ mein Herz vor Sehnsucht schmerzen, und mir schien, als sei es der ungeduldige Atem des Sommers, der nach Erfüllung sucht.

Damals wusste ich nicht, dass es schon so nah und mein war, dass diese vollkommene Süße in den Tiefen meines eigenen Herzens erblüht war.

21

Ich muss mein Boot zu Wasser bringen. Am Ufer verstreichen träge die Stunden – wehe mir!

Der Frühling ist verblüht und hat Abschied genommen. Jetzt warte ich hier unter der Last der welken, nichtigen Blumen und zaudere.

Die Wellen schlagen lauter ans Ufer, wo auf schattigen Wegen die gelben Blätter taumeln und fallen.

Was für eine Leere starrst du an! Spürst du nicht, wie ein Schaudern durch die Luft geht und die Melodie eines fernen Liedes vom anderen Ufer herüberträgt?

22

In den tiefen Schatten des regenreichen Julis wandelst du heimlichen Schritts, still wie die Nacht, weichst allen Wächtern aus.

Heute hält der Morgen seine Augen geschlossen, achtet der beharrlichen Rufe des tosenden Ostwinds nicht, ein dichter Schleier hat sich über den immer wachenden blauen Himmel gelegt.

Die Melodien der Wälder sind verstummt, verschlossen die Türen aller Häuser. Du bist der einsame Wanderer auf dieser verlassenen Straße. O du, mein einziger Freund, mein Liebster, die Türen meines Hauses stehen offen – geh nicht vorüber wie ein Traum.

23

WANDELST DU IN DIESER STÜRMISCHEN NACHT draußen auf dem Pfad der Liebe, mein Freund? Der Himmel ächzt wie ein Verzweifelter.

Ich finde keinen Schlaf heute Nacht. Immer wieder öffne ich die Tür und spähe hinaus in die Dunkelheit, mein Freund!

Doch nichts ist zu sehen. Wo, frage ich mich, führt wohl dein Weg entlang?

An welch dunklem Ufer des tintenschwarzen Flusses, an welch fernem Rand des düster wogenden Waldes, durch welch lichtlose Irrgärten bahnst du dir deinen Weg zu mir, mein Freund?

24

Wenn der Tag sich neigt, die Vögel nicht mehr singen, der Wind sich müde gelegt hat, dann hülle den dichten Schleier der Dunkelheit um mich, gerade so wie du die Erde mit dem Tuch des Schlafes verhüllt und in der Dämmerung behutsam die ermatteten Blüten des Lotos geschlossen hast.

Dem Wanderer, dessen Proviant zur Neige geht, bevor die Reise endet, dessen Gewand zerrissen und staubbedeckt ist, dessen Kräfte erschöpft sind, nimm Scham und Armut, und erneuere sein Leben wie eine Blume im Schutz deiner gütigen Nacht.

25

Gib, dass ich mich in der Nacht der Erschöpfung ohne Gegenwehr dem Schlaf überlasse, ganz auf dich vertrauend.

Gib, dass ich meinen erschlafften Geist nicht zwinge, die Andacht für dich nur kümmerlich vorzubereiten.

Du bist es, der den Schleier der Nacht über die müden Augen zieht, um ihr Sehen in der Freude des frischen Erwachens zu erneuern.

26

Er kam und sass an meiner Seite, doch ich erwachte nicht. O ich Elender, dieser verwünschte Schlaf!

Er kam in der tiefen Stille der Nacht, die Harfe in Händen, und meine Träume webten seine Melodien ein.

Ach, warum sind all meine Nächte so verloren? Warum entgeht mir stets der Anblick von dem, dessen Atem meinen Schlaf berührt?

27

Licht, o, wo ist das Licht? Entzünde es mit dem Feuer des brennenden Verlangens!

Dort ist die Lampe, doch keine Flamme flackert darin empor – sollte dies dein Schicksal sein, mein Herz? Der Tod wäre weit besser für dich!

Das Elend klopft an deine Tür und bringt die Kunde: Dein Herr ist wach. Er ruft dich durch das Dunkel der Nacht zu einem zärtlichen Stelldichein.

Der Himmel ist wolkenverhangen und Regen strömt endlos herab. Ich weiß nicht, was mich so aufwühlt – weiß nicht, was es bedeutet.

Ein jäher Blitzschlag blendet meine Augen, mein Herz sucht tastend nach dem Pfad, auf den die Melodie der Nacht mich ruft.

Licht, o, wo ist das Licht? Entzünde es mit dem Feuer des brennenden Verlangens! Es donnert und der Wind tost heulend durch die Leere. Die Nacht ist finster wie ein schwarzer Stein. Entzünde die Flamme der Liebe mit deinem Leben.

28

Drückend sind die Fesseln, doch will ich sie zerreißen, stöhnt mein Herz.

Freiheit ist alles, wonach mir verlangt, doch hoffe ich darauf, empfinde ich Scham.

Wohl weiß ich, dass in dir unschätzbarer Reichtum liegt und du mein bester Freund bist, und doch bringe ich es nicht fertig, den Flitter hinauszufegen, der meine Behausung füllt.

Das Tuch, das mich bedeckt, ist gewebt aus Staub und Tod; ich hasse es und halte es dennoch in Liebe fest.

Groß ist meine Schuld, schwer wiegt mein Versagen, verborgen und entsetzlich ist meine Schande, doch komme ich, um für mein Wohl zu bitten, zittere ich vor Furcht, mein Gebet könne erhört werden.

29

Er, den ich in meinen Namen eingesperrt habe, weint in seinem Kerker. Eifrig bin ich damit beschäftigt, weiter Stein auf Stein zu setzen; und während diese Mauer Tag für Tag in den Himmel wächst, verliere ich in ihrem dunklen Schatten den Blick auf mein wahres Sein.

Ich bin stolz auf diese hohe Mauer, verputze sie mit Staub und Lehm, damit kein noch so kleines Loch in diesem Namen übrig bleibt. Und über all die Mühe verliere ich den Blick auf mein wahres Sein.

30

Allein machte ich mich auf den Weg zu meinem Liebestreff. Doch wer folgt mir da in stiller Nacht?

Ich weiche aus, um ihn zu meiden, doch entkomme ich ihm nicht.

Sein stolzierender Gang wirbelt Staub vom Boden auf, seine laute Stimme verstärkt jedes meiner Worte.

Es ist mein eigenes kleines Selbst, o Herr, es kennt kein Schamgefühl. Doch ich, ich schäme mich, in seiner Begleitung an deine Tür zu kommen.

31

»Sag, Gefangener, wer hat dich eingesperrt?«

»Es war mein Meister«, sprach der Gefangene. »Ich dachte, ich könne jeden auf der Welt an Reichtum und Macht übertreffen und häufte in meiner Schatzkammer Geld an, das meinem König gebührte. Als mich der Schlaf überkam, legte ich mich aufs Bett, das für meinen Herrn bereitet war, und als ich erwachte, fand ich mich als Gefangenen in meiner eigenen Schatzkammer wieder.«

»Sag, Gefangener, wer war's, der diese unzerbrechliche Kette geschmiedet hat?«

»Ich selber war's«, sprach der Gefangene, »der diese Kette mit Bedacht geschmiedet. Ich glaubte, meine unbesiegbare Macht könnte die Welt gefangen halten und mir allein ungestörte Freiheit lassen. So arbeitete ich Tag und Nacht an der Kette, mit gewaltigen Feuern und grausam harten Schlägen. Als das Werk vollbracht war, alle Glieder ausgeführt und unzerbrechlich, fand ich mich selbst in ihrem Griff.«

32

Mit allen Mitteln versuchen sie mich festzuhalten, die mich in dieser Welt lieben. Anders ist es mit deiner Liebe, die größer ist als ihre, du gewährst mir Freiheit.

Aus Angst, ich könne sie vergessen, wagen sie es nie, mich allein zu lassen. Aber Tag um Tag verstreicht und du bist nicht zu sehen.

Wenn ich dich nicht anrufe im Gebet, wenn ich dich im Herzen nicht bewahre, wartet deine Liebe zu mir dennoch auf die meine.

33

Am hellichten Tag traten sie in mein Haus und sagten: »Wir werden hier nur das kleinste Zimmer nehmen.«

Sie sagten: »Wir werden dir helfen, deinen Gott zu verehren und uns mit unserem Anteil an seiner Gnade zufriedengeben.« Dann nahmen sie in einem Winkel Platz, und saßen still und demütig da.

Doch im Dunkel der Nacht entdecke ich, wie sie gewaltsam in meinen heiligen Schrein einbrechen und mit ruchloser Gier nach den Opfergaben vom Altar Gottes schnappen.

34

Lass von mir nur so viel übrig, dass ich dich mein Ein und Alles nennen kann.

Lass von meinem Willen nur so viel übrig, dass ich dich überall spüre, zu dir finde in allen Dingen und dir in jedem Augenblick meine Liebe als Opfergabe darbringe.

Lass von mir nur so viel übrig, dass ich dich nie verdecken kann.

Lass von meinen Fesseln nur so viel übrig, dass ich an deinen Willen gebunden bleibe und deine Absichten in meinem Leben erfüllt werden – und das ist die Fessel deiner Liebe.

35

Wo der Geist ohne Furcht ist und man das Haupt erhoben trägt,
Wo das Wissen frei ist,
Wo die Welt nicht von engen Hausmauern zerstückelt ist,
Wo die Worte aus der Tiefe der Wahrheit kommen,
Wo unermüdliches Streben seine Hände der Vollendung entgegenstreckt,
Wo der klare Strom der Vernunft noch nicht im öden Wüstensand toter Gewohnheit versickert ist,
Wo du den Geist zu immer weiteren Horizonten des Denkens und des Tuns führst –
Zu diesem Himmel der Freiheit, mein Vater, lass mein Land erwachen.

36

Dies ist mein Gebet zu dir, o Herr – schlage, schlage an die Wurzel der Not in meinem Herzen.

Gib mir die Kraft, Freude und Kummer leichten Herzens hinzunehmen.

Gib mir die Kraft, meine Liebe durch Dienen fruchtbar zu machen.

Gib mir die Kraft, niemals die Armen zu verleugnen noch vor anmaßender Macht meine Knie zu beugen.

Gib mir die Kraft, meinen Geist über die kleinen Alltagssorgen zu erheben.

Und gib mir die Kraft, meine Stärke voller Liebe deinem Willen zu unterwerfen.

37

Ich dachte, meine Reise sei an den Grenzen meiner Kräfte an ihr Ende gekommen – der vor mir liegende Pfad sei versperrt, der Proviant erschöpft und die Zeit gekommen, in stiller Verborgenheit Schutz zu suchen.

Doch ich erkannte, dass dein Wille in mir ohne Ende ist. Wenn alte Worte auf der Zunge sterben, brechen neue Melodien aus dem Herzen hervor. Wo die alten Spuren sich verlieren, offenbart sich neues Land mit seinen Wundern.

38

Dass ich dich begehre, nur dich – lass es mein Herz ohne Unterlass wiederholen. Alles Verlangen, das mich Tag und Nacht auf andere Fährten lenkt, ist falsch und hohl bis ins Mark.

Wie die Nacht in ihrem Dunkel die Sehnsucht nach Licht verborgen hält, so hallt in der unbewussten Tiefe meiner Seele der Ruf wider: »Ich begehre dich, nur dich.«

Wie der Sturm sein Ziel im Frieden sucht, auch wenn er mit aller Macht dagegen anrennt, so rebelliere ich gegen deine Liebe und rufe dennoch: »Ich begehre dich, nur dich.«

39

Wenn das Herz hart und verdorrt ist, komm über mich im Schauer deiner Gnade.

Wenn die Anmut aus dem Leben gewichen ist, komm im Klang eines Liedes.

Wenn die lärmende Arbeit von allen Seiten tosend auf mich einstürmt und von der Seelenwelt ausschließt, komm zu mir, mein Herr der Stille, mit deinem Frieden, mit deiner Ruhe.

Wenn mein Bettlerherz eingesperrt in einer Ecke kauert, brich die Tür auf, mein König, und tritt heran mit dem Gepränge eines Königs.

Wenn die Begierde die Seele mit Täuschung und Staub blendet, o du Heiliger, du Wachsamer, dann tritt heran mit deinem Licht und deinem Donner.

40

O Herr, seit vielen Tagen ist der Regen in meinem ausgedörrten Herzen ausgeblieben. Der Horizont ist grausam nackt – nicht der Hauch einer sanften Wolke, nicht die geringste Spur eines fernen, kühlen Schauers.

Sende deinen wütenden Sturm, schwarz vor Tod, wenn es dir gefällt, mit Blitzschlägen, die wie Peitschen den Himmel von einem Ende bis zum anderen aufreißen.

Doch beende, o Herr, diese alles durchdringende schweigende Hitze, die so still und sengend und grausam das Herz mit quälender Verzweiflung verbrennt.

Lass die Wolke der Gnade sich niedersenken, wie der tränenerfüllte Blick der Mutter am Tag des väterlichen Zorns.

41

Wo hinter ihnen allen stehst du, Geliebter, verbirgst dich im Schatten? Sie stoßen dich beiseite und gehen auf der staubigen Straße an dir vorbei, als seist du nichts. Ich warte hier lange Stunden, meine Gaben für dich ausgebreitet, während die Vorübergehenden meine Blumen mit sich nehmen, eine nach der anderen, und mein Korb schon fast leer ist.

Vorbei ist der Morgen, der Mittag. Im Abendschatten werden meine Augen schwer vor Müdigkeit. Die Menschen gehen heim, schauen mich an und lächeln, sie machen mich verlegen. Wie ein Bettlermädchen sitze ich hier, ziehe meinen Rock übers Gesicht, und wenn sie mich fragen, worauf ich denn warte, senke ich den Blick und gebe keine Antwort.

O, wie könnte ich ihnen auch sagen, dass ich auf dich warte, dass du versprochen hast zu kommen? Wie könnte ich voller Scham gestehen, dass ich diese Armut als Brautgeschenk bewahre? Ach, ich hege diesen Stolz nur insgeheim in meinem Herzen.

Im Gras sitzend schau ich in den Himmel und träume vom jähen Glanz deines Kommens – alle Lichter flammen auf, goldene Wimpel flattern an deinem Wagen, und am Wegesrand stehen sie mit offenen Mündern, wenn sie sehen, wie du von deinem Sitz herabsteigst, um mich aus dem Staub emporzuheben und neben dich zu setzen, dieses zerlumpte Bettlermädchen, bebend vor Scham und Stolz, wie eine Ranke im Sommerwind.

Doch die Zeit vergeht und noch immer ist kein Laut zu hören von den Rädern deines Wagens. So manche festliche Schar zieht vorüber, mit Lärm und Rufen und glänzender Pracht. Und nur du willst im Schatten schweigend hinter ihnen stehen? Und nur ich soll warten und weinen und mein Herz in unerfüllter Sehnsucht verzehren?

42

Früh am Tag war ein Flüstern zu vernehmen, dass wir hinaussegeln sollten, nur du und ich, und keine Menschenseele sollte erfahren von unserer Pilgerreise, die weder Ziel noch Richtung hat.

In jenem uferlosen Meer, bei deinem schweigenden, lächelnden Lauschen, würden meine Lieder zu Melodien anschwellen, so frei wie die Wellen, frei von allen fesselnden Worten.

Ist die Zeit noch nicht gekommen? Ist noch Arbeit ungetan? Siehe, der Abend senkt sich über die Küste und im sterbenden Licht kommen die Seevögel in ihre Nester geflogen.

Wer weiß, wann die Ketten sich lösen und das Boot wie der letzte Schimmer des Abendrots in die Nacht verschwindet?

43

Es war an dem Tag, als ich mich nicht für dich bereitgehalten hatte, dass du in mein Herz tratst, mein König, ohne Aufforderung, wie ein mir Unbekannter aus der gemeinen Menge, und das Siegel der Ewigkeit auf so manchen flüchtigen Augenblick meines Lebens gedrückt hast.

Und wenn heute durch Zufall mein Blick darauf fällt und ich deine Zeichen sehe, finde ich sie verstreut im Staube liegen, inmitten der anderen vergessenen alltäglichen Erinnerungen an Freuden und Kummer.

Du hast dich von meinem kindischen Spiel im Staub nicht verächtlich abgewandt, und die Schritte, die ich in meinem Spielzimmer hörte, sind dieselben, die von Stern zu Stern widerhallen.

44

Es beglückt mich, so am Wegesrand zu warten und zu sehen, wie Schatten und Licht sich jagen und der Regen dem Sommer auf den Fersen folgt.

Boten, die Kunde bringen von unbekannten Himmeln, grüßen mich und eilen weiter die Straße hinab. Freude erfüllt mein Herz, und lind ist der Hauch der vorbeistreichenden Brise.

Vom Morgen- bis zum Abendrot sitze ich hier vor meiner Tür und weiß, plötzlich wird der glückliche Augenblick kommen, wenn ich nur abwarte.

Derweil lache und singe ich ganz alleine, und die Luft erfüllt sich mit dem Duft der Verheißung.

45

Hast du seinen sachten Schritt nicht gehört? Er kommt, kommt, kommt herbei.

In jedem Augenblick und zu allen Zeiten, jeden Tag und jede Nacht, er kommt, kommt, kommt herbei.

Manch ein Lied hab ich gesungen, ganz gleich wie mir zu Mute war, doch alle Töne verkündeten stets nur: »Er kommt, kommt, kommt herbei.«

In den duftenden Tagen des sonnigen Aprils, über die Pfade des Waldes, er kommt, kommt, kommt herbei.

Im Regendunst der Julinächte, auf dem donnernden Streitwagen der Wolken, er kommt, kommt, kommt herbei.

Wenn Kummer auf Kummer folgt, sind es seine Schritte, die mein Herz bedrückend spürt, und die goldene Berührung seines Fußes verleiht meiner Freude Glanz.

46

Ich weiss nicht, aus welch ferner Zeit du mir immer näher kommst, um mich zu treffen. Deine Sonne und deine Sterne können dich nicht auf ewig vor mir verborgen halten.

So manchen Morgen und Abend habe ich den Schritt deiner Füße vernommen, und dein Bote kam in mein Herz, um heimlich nach mir zu rufen.

Ich weiß nicht, warum gerade heut mein Leben so voller Unruhe ist und ein Gefühl von bebender Freude mein Herz erfüllt.

Es ist, als sei die Zeit gekommen, meine Arbeit zu beenden, denn in der Luft gewahre ich den zarten Hauch deiner köstlichen Gegenwart.

Meine Gefährten lachten spöttisch über mich und zogen hoch erhobenen Hauptes eilig weiter. Sie schauten nicht zurück noch machten sie Rast und waren bald im fernen blauen Dunst verschwunden. Sie überquerten Wiesen und Hügel, kamen durch fremde, weit entfernte Länder. Alle Ehre gebührt eurer Heldenschar auf endlosen Pfaden! Gespött und Tadel spornten mich zum Weitergehen an, trafen jedoch bei mir auf taube Ohren. Ich gab mich auf, verloren in den Tiefen einer frohen Demütigung – im Schatten eines matten Glücks.

Die Ruhe der sonnendurchwirkten grünen Dämmerung senkte sich langsam auf mein Herz. Ich vergaß, warum ich auf Wanderschaft gegangen war und überließ meinen Geist kampflos dem Labyrinth aus Liedern und Schatten.

Als ich endlich aus meinem Schlummer erwachte und die Augen öffnete, sah ich dich vor mir stehen, wie du meinen Schlaf mit deinem Lächeln bedachtest. Wie sehr hatte ich gefürchtet, der Pfad würde lang und mühselig sein, und hart der Kampf, dich zu erreichen.

49

Du kamst von deinem Thron herabgestiegen und standst an meiner Hütte vor der Tür.

Ganz allein hatte ich in einer Ecke vor mich hin gesungen, als dir die Melodie zu Ohren kam. Du stiegst herab und standst an meiner Hütte vor der Tür.

Viele Meister gibt's in deinem Thronsaal, Gesang erklingt dort jeden Tag. Doch das schlichte Lied dieses Anfängers hat dein Herz berührt. Eine wehmütige kleine Weise mischte sich mit der großen Musik der Welt, und mit einer Blume als Lohn kamst du herab und bliebst an der Tür meiner Hütte stehen.

50

Bettelnd zog ich von Tür zu Tür die Dorfstraße entlang, als in der Ferne dein goldener Wagen erschien wie ein prächtiger Traum, und ich fragte mich, wer dieser König der Könige wohl sei.

Groß war meine Hoffnung, schon wähnte ich meine schlechten Tage vorbei. So wartete ich auf Almosen und Reichtümer, freigebig in den Straßenstaub gestreut.

Der Prunkwagen hielt, wo ich stand. Dein Blick fiel auf mich, lächelnd stiegst du aus. Ich spürte, endlich war das Glück meines Lebens zu mir gekommen. Da strecktest du plötzlich deine rechte Hand aus und fragtest: »Was hast du mir zu geben?«

Ach, welch königlicher Scherz war das, einem Bettler bettelnd die Hand hinzuhalten! Ich war verwirrt, stand unentschlossen, holte dann aus meinem Beutel langsam das kleinste Korn und gab es dir.

Doch wie groß war mein Erstaunen, als ich am Abend den Beutel auf den Boden leerte und nur ein winziges Körnchen Gold in dem armseligen Haufen fand. Ich weinte bitterlich und wünschte, ich hätte das Herz besessen, dir alles zu geben.

51

Die dunkle Nacht brach herein, unser Tagwerk war getan. Wir dachten, der letzte Gast für diese Nacht sei eingetroffen, alle Türen im Dorf wurden verschlossen. Da sagten einige, der König würde noch kommen. Wir lachten und sagten: »Das kann unmöglich sein!«

Es schien jemand an die Tür zu klopfen, wir sagten, es sei nur der Wind. Wir löschten die Lampen und legten uns schlafen. Da sagten einige: »Es ist der Bote!« Wir lachten und sagten: »Nein, es ist bestimmt der Wind!«

Ein Ton drang durch die Stille der Nacht. Schläfrig hielten wir ihn für fernen Donner. Die Erde bebte, die Wände wackelten, gestört war unser Schlaf. Da sagten einige, es sei der Klang von Rädern. Müde murrten wir im Schlaf: »Nein, es ist bestimmt ein Gewitter!«

Es war noch immer finstere Nacht, als Trommeln zu schlagen begannen. Eine Stimme rief: »Aufgewacht! Eilt euch!« Wir pressten die Hände auf unsere Herzen und zitterten vor Furcht. Da sagten einige: »Seht, das Banner des Königs!« Wir sprangen auf und riefen: »Schnell, wir dürfen keine Zeit verlieren!«

Der König ist gekommen – doch wo sind die Lichter, wo die Girlanden? Wo der Thron, ihm anzubieten? O Schande, elende Schande! Wo der Thronsaal, wo der Schmuck? Da sagte einer: »Lasst das sinnlose Geschrei! Heißt ihn mit leeren Händen willkommen, führt ihn in eure kahlen Stuben!«

Öffnet die Türen, lasst die Muschelhörner erklingen! In tiefer Nacht ist der König unseres dunklen, öden Hauses gekommen. Im Himmel grollt der Donner, Blitze zerreißen das Dunkel. Holt die zerschlissene Matte und breitet sie im Hof aus. Mit dem Sturm kam plötzlich unser König der furchterregenden Nacht.

52

Ich wollte dich um die Rosengirlande bitten, die du um den Hals trugst – doch traute ich mich nicht. Also wartete ich auf den Morgen, bis du gegangen warst, um Reste davon auf dem Bett zu finden. Wie eine Bettlerin suchte ich in der Dämmerung nach ein oder zwei verstreuten Blütenblättern.

Doch ach, was finde ich? Welch ein Zeichen hinterließ deine Liebe? Keine Blume, kein Gewürz, kein Fläschchen mit Parfüm, sondern dein mächtiges Schwert, wie eine Flamme lodernd, wuchtig wie ein Donnerkeil. Das junge Licht des Morgens dringt durchs Fenster und fällt auf dein Bett. Der Morgenvogel zwitschert und fragt: »Weib, was hast du bekommen?« Nein, es ist keine Blume, kein Gewürz und auch kein Fläschchen mit duftendem Parfüm – es ist dein furchtbares Schwert.

Ich sitze da und sinne nach über dieses Geschenk von dir. Ich finde keinen Platz, es zu verbergen. Ich schäme mich, es zu tragen, zart wie ich bin, und wenn ich es an meinen Busen drücke, verletzt es mich. Dennoch will ich in meinem

Herzen diese Ehre einer Schmerzenslast tragen, dieses Geschenk von dir.

Von nun an soll es für mich in dieser Welt keine Furcht mehr geben, und du sollst in all meinen Kämpfen siegreich sein. Du hast mir den Tod als Gefährten dagelassen, und ich will ihn krönen mit meinem Leben. Dein Schwert ist bei mir, um meine Fesseln zu trennen, und es wird für mich in dieser Welt keine Furcht mehr geben.

Von nun an verzichte ich auf allen eitlen Schmuck. O Gebieter meines Herzens, für mich soll es kein Warten und heimliches Weinen mehr geben, keine Koketterie und kein Getändel. Du hast mir dein Schwert verehrt, mir zur Zierde. Hinfort mit all dem Puppenschmuck!

53

SCHÖN IST DEIN ARMREIF, verziert mit Sternen und kunstfertig gewirkt, mit funkelnd farbigen Juwelen. Doch schöner ist für mich dein Schwert, geschwungen wie ein Blitz, wie die ausgebreiteten Schwingen von Vishnus Himmelsvogel, die durch das zornige Rot des Sonnenuntergangs segeln.

Es erbebt wie des Lebens letzte Antwort im Schmerzensrausch vor dem Todesstoß. Es leuchtet wie die reine Flamme des Seins, die jede irdische Sinnlichkeit mit jähem Auflodern verzehrt.

Schön ist dein Armreif, mit sternenglitzernden Edelsteinen verziert, aber dein Schwert, o Herr des Donners, ist zu höchster Schönheit geschmiedet, furchtbar anzuschauen, furchtbar, nur daran zu denken.

54

Ich habe nichts von dir erbeten; flüsterte dir meinen Namen nicht ins Ohr. Als du Abschied nahmst, blieb ich schweigend zurück. Ich stand allein am Brunnen, wo der Schatten des Baumes schräg auf den Boden fällt. Die Frauen hatten sich mit ihren bis zum Rand gefüllten braunen Tonkrügen auf den Heimweg gemacht. Sie riefen mich und schrien: »Komm mit, es wird bald Mittag!« Doch träge blieb ich zurück, verloren in Träumereien.

Ich habe dich nicht kommen hören. Deine Augen sahen mich traurig an und deine Stimme klang müde, als du leise sagtest: »Ich bin ein durstiger Wanderer.« Ich schrak aus meinen Tagträumen und goss Wasser aus meinen Krug in deine hohlen Hände. Über unseren Köpfen raschelten die Blätter, der Kuckuck rief verborgen aus dem Dunkel und Blütenduft wehte von der Wegbiegung her.

Sprachlos und beschämt stand ich da, als du nach meinen Namen fragtest. Was hatte ich denn schon für dich getan, dass du meiner gedenken wolltest? Doch die Erinnerung daran, dir Wasser gegeben zu haben, um deinen Durst zu stillen, werde ich in meinem Herzen bewahren und in Ehren halten. Der Morgen ist schon fast vorbei, der Gesang der Vögel erlahmt, Blätter rascheln über meinem Kopf und ich sitze da und träume, träume, träume.

55

Trägheit erfüllt dein Herz, Schlummer liegt noch auf deinen Augen.

Hat dich nicht die Kunde erreicht, dass die Blume voller Pracht unter den Dornen herrscht? O, wach auf, erwache! Lass die Zeit nicht ungenutzt verstreichen!

Am Ende des steinigen Weges, im Land der unberührten Einsamkeit, sitzt mein Freund ganz allein. Enttäusche ihn nicht. O, wach auf, erwache!

Und wenn der Himmel auch unter der Mittagshitze keucht und zittert … Und wenn der brennende Sand auch seinen Mantel des Durstes entfaltet …

Fühlst du keine Freude tief in deinem Herzen? Wird die Harfe der Straße nicht bei jedem deiner Schritte eine süße Schmerzensmelodie erklingen lassen?

56

DARUM IST DEINE FREUDE an mir unendlich groß. Darum bist du zu mir herabgestiegen. O Herr aller Himmel, wo würde deine Liebe sein, wenn es mich nicht gäbe?

Du hast mich als Teilhaber an all diesem Reichtum erwählt. In meinem Herzen spielst du das ewige Spiel deiner Freude. In meinem Leben nimmt dein Wille unaufhörlich Gestalt an.

Und darum hast du, König der Könige, dich mit Schönheit geschmückt, um mein Herz zu fangen. Und darum verliert sich deine Liebe in der Liebe derer, die dich lieben, und so wirst du offenbar, wenn zwei in Vollkommenheit sich vereinen.

57

Licht, mein Licht, welterfüllendes Licht, augenküssendes Licht, herzerfreuendes Licht!

Ach, mein Liebling, das Licht tanzt in der Mitte meines Lebens. Das Licht bringt die Saiten meiner Liebe zum Erklingen. Der Himmel öffnet sich, der Wind frischt auf, ein Lachen geht durch die Welt.

Die Schmetterlinge setzen ihre Segel in einem Meer aus Licht. Lilien und Jasmin branden auf dem Kamm der Wellen aus Licht.

Das Licht zerschellt an jeder Wolke zu purem Gold, mein Liebling, und verstreut verschwenderisch Juwelen.

Frohsinn breitet sich aus von Blatt zu Blatt, mein Liebling, maßlose Freude. Der Himmelsstrom ist über die Ufer getreten und eine Freudenflut überschwemmt das Land.

58

Alle Tonarten der Freude sollen sich in meinem letzten Lied vereinen – Freude, die die Erde überzieht mit wild wogendem Gras; Freude, die jene Zwillingsbrüder Leben und Tod über die ganze Welt tanzen lässt; Freude, die im Sturm herbeifegt und alles Leben mit Gelächter schüttelt und weckt; Freude, die mit ihren Tränen still auf der geöffneten roten Lotosblume des Schmerzes sitzt; und Freude, die alles, was sie besitzt, in den Staub wirft und keine Worte kennt.

59

Ja, ich weiss, dies ist nichts als deine Liebe, Geliebter meines Herzens – das goldene Licht, das auf den Blättern tanzt, die Wolken, die müßig am Himmel ziehen, die Brise, die im Vorüberstreichen meine Stirn kühlt.

Das Morgenlicht überflutet meine Augen – es ist deine Botschaft an mein Herz. Dein Angesicht neigt sich zu mir herab, deine Augen blicken in die meinen, und mein Herz berührt deine Füße.

60

An der Küste unendlicher Welten treffen sich Kinder. Regungslos erstreckt sich der grenzenlose Himmel, rastlos tost die stürmische See. An der Küste unendlicher Welten treffen sich Kinder, jauchzend und tanzend.

Sie bauen Häuser aus Sand und spielen mit Muschelschalen. Aus welken Blättern flechten sie Schiffchen und lassen sie lachend auf der weiten Tiefe schwimmen. Kinder spielen an der Küste der Welten.

Sie können weder schwimmen noch Netze auswerfen. Perlenfischer tauchen nach Perlen, Kaufleute segeln auf ihren Schiffen, während Kinder Steinchen sammeln und wieder verstreuen. Sie suchen nicht nach verborgenen Schätzen, wissen nicht, wie man Netze auswirft.

Das Meer brandet mit Gelächter, bleich schimmert das Lächeln des Strandes. Todbringende Wellen singen den Kindern bedeutungslose Lieder, wie eine Mutter, die ihr Kindlein wiegt. Das Meer spielt mit den Kindern, und bleich schimmert das Lächeln des Strandes.

An der Küste unendlicher Welten treffen sich Kinder. Ein Sturm tost am wegelosen Himmel, Schiffe sinken im spurlosen Wasser, dort draußen lauert der Tod und die Kinder spielen. An der Küste unendlicher Welten findet das große Treffen der Kinder statt.

61

Der Schlaf, der den Wiegenkindern in die Augen huscht – weiß jemand, woher er kommt? Ja, man munkelt, er sei im Feendorf zu Hause, wo im tiefen, nur von Glühwürmchen matt erhellten Waldesschatten zwei zarte Zauberknospen hängen. Von dort huscht er herbei, um der Wiegenkinder Augen zu küssen.

Das Lächeln, das den Wiegenkindern im Schlaf um die Lippen spielt – weiß jemand, wo es geboren wurde? Ja, man munkelt, das ein junger bleicher Strahl der Mondsichel den Rand einer schwindenden Herbstwolke streifte, und dort wurde das Lächeln im Traum eines taufrischen

Morgens geboren – das Lächeln, das den Wiegenkindern im Schlaf um die Lippen spielt.

Die süße, sanfte Frische, die auf der Wiegenkinder Glieder blüht – weiß jemand, wo sie sich so lang verborgen hielt? Ja, als die Mutter ein junges Mädchen war, durchdrang sie im zarten und stillen Geheimnis der Liebe ihr Herz – die süße, sanfte Frische, die auf der Wiegenkinder Glieder blüht.

62

Wenn ich dir buntes Spielzeug bringe, mein Kind, verstehe ich, warum auf Wolken und Wasser so viele Farben tanzen, warum Blumen in vielen Tönen leuchten – wenn ich dir buntes Spielzeug gebe, mein Kind.

Wenn ich singe, um dich zum Tanzen zu bringen, verstehe ich, warum Musik in Blättern rauscht, warum die Wellen dem lauschenden Herz der Erde ihren vielstimmigen Chor zu Gehör bringen – wenn ich singe, um dich zum Tanzen zu bringen.

Wenn ich deinen gierigen Händchen Süßigkeiten reiche, verstehe ich, warum es im Blütenkelch Honig gibt, warum Früchte sich wie von Geisterhand mit süßen Säften füllen – wenn ich deinen gierigen Händchen Süßigkeiten reiche.

Wenn ich dein Gesichtlein küsse, mein Liebling, und du lächelst, verstehe ich, welche Freude im Morgenlicht vom Himmel strömt, welches Entzücken die sommerliche Brise meinem Körper beschert – wenn ich dich küsse und du lächelst, mein Kind.

63

Du hast mir Freunde beschert, die ich zuvor nicht kannte. Du hast mir einen Platz in Häusern bereitet, die nicht mein eigen sind. Du hast das Ferne nahe gebracht und den Fremden zum Bruder gemacht.

Mir wird unbehaglich zu Mute, wenn ich meine vertraute Heimstatt verlassen muss. Ich vergesse, dass Altes im Neuen verbleibt und dass auch du dort bleibst.

Durch Geburt und Tod, in dieser oder anderen Welten, wohin du mich auch führst, bist du es, immer derselbe, der eine Gefährte meines endlosen Lebens, der stets mein Herz mit Banden der Freude an das Ungewohnte bindet.

Wer dich kennt, dem ist nichts fremd, keine Tür ist ihm verschlossen. O, erhöre mein Gebet, dass ich niemals die glückselige Fühlung mit dem Einen im Spiel der Vielen verliere.

64

Am Uferhang des einsamen Flusses, im hohen Gras dort fragte ich sie: »Mädchen, wohin gehst du, die Lampe unter dem Mantel verborgen? Mein Haus ist dunkel und verwaist – leih mir dein Licht!« Sie hob kurz ihre dunklen Augen und sah mich in der Dämmerung an. »Ich bin an den Fluss gekommen«, sagte sie, »um meine Lampe aufs Wasser zu setzen, wenn im Westen das Licht des Tages schwindet.« Ich stand allein im hohen Gras und schaute zu, wie die flackernde Flamme ihrer Lampe nutzlos in der Strömung trieb.

In der Stille der nahenden Nacht fragte ich sie: »Mädchen, all deine Lichter hast du angezündet – wohin gehst du mit deiner Lampe? Mein Haus ist dunkel und verwaist – leih mir dein Licht!« Sie hob ihre dunklen Augen und sah mir einen Moment zweifelnd ins Gesicht. »Ich bin gekommen«, sprach sie endlich, »um meine Lampe dem Himmel darzubieten.« Ich stand da und schaute zu, wie ihr Licht nutzlos in der Leere brannte.

Im mondlosen Dunkel der Mitternacht fragte ich sie: »Mädchen, wonach bist du auf der Suche, mit deiner Lampe so eng ans Herz gedrückt? Mein Haus ist dunkel und verwaist – leih mir dein Licht!« Sie hielt eine Weile inne und starrte mich im Dunkeln an. »Ich habe«, sagte sie, »meine Lampe hergebracht, um das Fest der Lichter mitzufeiern.« Ich stand da und schaute zu, wie ihre kleine Lampe sich nutzlos zwischen all den Lichtern verlor.

65

WELCH HIMMLISCHEN TRANK begehrst du, mein Gott, aus dem überfließenden Kelch meines Lebens?

Mein Dichter, bereitet es dir Vergnügen, deine Schöpfung durch meine Augen zu betrachten und schweigend an den Pforten meiner Ohren zu verharren, um deinen ewigen Harmonien zu lauschen?

Deine Welt webt Worte in meinem Gemüt und deine Freude fügt Musik hinzu. Du gibst dich mir in Liebe hin und empfindest dann deine eigene vollkommene Süße in mir.

66

Sie, die immer in der Tiefe meines Seins verblieben war, im Zwielicht des Schimmers und Scheins; sie, die ihren Schleier nie im Morgenlicht lüftete; sie wird meine letzte Gabe an dich sein, mein Gott, eingeflochten in mein letztes Lied.

Worte haben sie umworben, doch nicht vermocht, sie zu gewinnen; die Kunst der Überredung hat ihre begierigen Arme vergeblich nach ihr ausgestreckt.

Ich bin von Land zu Land gewandert und habe sie tief in meinem Herzen bewahrt, während um sie herum mein Leben erblühte und verwelkte.

Sie beherrschte mein Denken und Tun, meinen Schlaf und meine Träume, und blieb dennoch abseits und allein.

So mancher hat an meine Tür geklopft, um nach ihr zu fragen, und sich dann verzweifelt wieder abgewandt.

Nie hat sie jemand auf dieser Welt von Angesicht zu Angesicht gesehen, sie verblieb in ihrer Abgeschiedenheit, darauf wartend, von dir erkannt zu werden.

67

Du bist der Himmel und du bist auch das Nest.

O du Schöner, dort im Nest ist deine Liebe, sie umschließt die Seele mit Farben und Tönen und Düften.

Hier kommt der Morgen, den goldenen Korb in Händen, er bringt die Girlande der Schönheit, um schweigend damit die Erde zu krönen.

Und dort kommt der Abend über die einsamen, von den Herden schon verlassenen Wiesen, er schreitet über weglose Pfade und bringt in seinem goldenen Krug das kühlende Nass des Friedens vom westlichen Meer der Ruhe.

Aber dort, wo der unendliche Himmel sich dehnt, damit die Seele sich emporschwingen kann, dort herrscht unbefleckter weißer Strahlenglanz, dort gibt es weder Tag noch Nacht, weder Form noch Farbe, und niemals, niemals auch nur ein Wort.

68

DEIN SONNENSTRAHL kommt zu mir herab auf die Erde, steht den ganzen langen Tag mit ausgebreiteten Armen an meiner Tür, um Wolken, gemacht aus meinen Tränen und Seufzern und Liedern, zurückzutragen und dir zu Füßen zu legen.

Mit zärtlicher Wonne hüllst du diesen Nebelwolkenmantel um deine sternenprangende Brust, lässt ihn in tausend Falten fallen und in schillernden Farben erstrahlen.

Er ist so leicht und fließend, so weich und tränenvoll und dunkel, und darum liebst du ihn, du Makelloser, du Heiterer. Und darum darf er dein Ehrfurcht gebietendes weißes Licht mit seinen armseligen Schatten bedecken.

69

Derselbe Lebensstrom, der Tag und Nacht durch meine Adern fließt, durchströmt rhythmisch tänzelnd auch die Welt.

Ein und dasselbe Leben sprießt voll Freude in zahllosen Gräsern aus dem Staub der Erde und wogt in einem rauschenden Meer aus Blättern und Blumen.

Ein und dasselbe Leben liegt in der Weltmeerwiege von Geburt und Tod, in Ebbe und Flut.

Meine Glieder erstrahlen bei der Berührung mit dieser Welt des Lebens. Mein Stolz rührt vom Lebenspuls ganzer Äonen, der in diesem Augenblick in meinem Blut tanzt.

70

Ist es dir zuviel, von diesem frohen Rhythmus erfüllt zu sein? Vom Wirbel dieser bangen Freude mitgerissen zu werden und darin verloren zu gehen?

Alle Dinge stürmen voran, bleiben nicht stehen, schauen nicht zurück, keine Macht kann sie halten, sie stürmen voran.

Auf den Fersen dieser ruhelosen, rasenden Musik folgen die Jahreszeiten, die tanzend vorbeiziehen – Farben, Töne und Düfte ergießen sich in endlosen Kaskaden in die überbordende Freude, die sich in jedem Augenblick verstreut, hingibt und stirbt.

71

Viel aus meinem Selbst zu machen, es nach allen Seiten zu wenden, um so farbige Schatten auf deinen strahlenden Glanz zu werfen – das ist deine Maya[6].

Du errichtest eine Schranke in deinem Wesen, dann rufst du dein abgetrenntes Selbst mit Myriaden von Tönen. Und diese Selbstabtrennung hat in mir Gestalt angenommen.

Durchdringender Gesang hallt mit Tränen und Lachen, Befürchtungen und Hoffnungen in allen Himmeln wider. Wellen türmen sich auf und sinken in sich zusammen, Träume zerbrechen und formen sich neu. In mir vernichtest du dein Selbst.

Den Schleier, den du vorgezogen, hat der Pinsel von Tag und Nacht mit zahllosen Gestalten bemalt. Dahinter steht dein Thron, verwoben in wunderbar geheimnisvollen Bögen, die keine kahlen, geraden Linien dulden.

Das große Festspiel von dir und mir hat den ganzen Himmel überzogen. In allen Lüften schwingt die Melodie von dir und mir, und die Zeitalter vergehen im Versteckspiel von dir und mir.

72

Er ist es, der tief innen mit verborgenen Berührungen mein Dasein erweckt.

Er ist es, der seinen Zauber auf diese Augen legt und beseelt auf den Saiten meines Herzens spielt, in allen Tonarten von Freude und Leid.

Er ist es, der diesen Schleier der Maya webt in den flüchtigen Tönen aus Gold und Silber, Blau und Grün und unter den Falten ein wenig hervorschauen lässt von seinen Füßen, bei deren Berührung ich mich selbst vergesse.

Tage kommen und Zeitalter vergehen, und immer ist er es, der unter mancherlei Namen in vielerlei Gestalt mein Herz bewegt und es Freude und Kummer schmecken lässt.

73

Im Verzicht liegt für mich keine Befreiung. Ich spüre die Umarmung der Freiheit in den tausend Banden des Vergnügens.

Du schenkst mir unablässig ein von deinem Wein, in immer neuen Farben und Düften, füllst dieses irdene Gefäß bis zum Rand.

Meine Welt wird ihre hundert Lampen an deiner Flamme entzünden und sie in deinem Tempel vor den Altar stellen.

Nein, niemals werde ich die Pforten meiner Sinne verschließen. Die Freuden des Sehens, Hörens und Berührens werden auch dir zur Freude gereichen.

Ja, all meine Trugbilder werden in Freudenfeuern verbrennen und all meine Begierden zu Früchten der Liebe reifen.

74

Der Tag ist vergangen, Schatten liegt über der Erde. Es ist an der Zeit, zum Fluss zu gehen, um meinen Krug zu füllen.

Die wehmütige Melodie des Wassers erfüllt die Abendluft. Ach, sie ruft mich hinaus ins Dunkel. Niemand ist auf dem einsamen Pfad zu sehen, der Wind frischt auf, Wellen schlagen ans Ufer.

Ich weiß nicht, ob ich heimkehren werde. Ich weiß nicht, wem ich durch Zufall begegnen könnte. Dort in dem kleinen Boot an der Furt spielt der Unbekannte auf seiner Laute.

75

DEINE GABEN AN UNS STERBLICHE stillen alle unsere Bedürfnisse und kehren doch unvermindert zu dir zurück.

Der Fluss verrichtet sein Tagwerk und eilt durch Felder und Dörfer; doch unablässig strömt er sich windend der Waschung deiner Füße entgegen.

Die Blume erfüllt mit ihrem Wohlgeruch die Luft; doch ihr letzter Dienst ist, sich dir als Opfergabe darzubieten.

Dich anzubeten macht die Welt nicht ärmer.

Den Worten der Dichter entnehmen die Leute den Sinn, der ihnen gefällt, doch ihr letzter Sinn weist auf dich.

76

O Herr meines Lebens, werde ich Tag für Tag vor dir stehen, von Angesicht zu Angesicht? O Herr aller Welten, werde ich mit gefalteten Händen vor dir stehen, von Angesicht zu Angesicht?

Werde ich vor dir stehen, unter deinem weiten Himmel, einsam und schweigend, mit demütigem Herzen, von Angesicht zu Angesicht?

Werde ich vor dir stehen, hier in deiner geschäftigen Welt, einer Wirrnis aus Mühsal und Kampf, inmitten der hastenden Menschenmengen, von Angesicht zu Angesicht?

Und ist meine Arbeit in dieser Welt getan, o König der Könige, werde ich dann allein und ohne Worte vor dir stehen, von Angesicht zu Angesicht?

77

Ich kenne dich als meinen Gott und halte Abstand – statt dich als mein eigen zu kennen und mich dir zu nähern. Ich kenne dich als meinen Vater und verneige mich vor deinen Füßen – statt deine Hand zu ergreifen wie die eines Freundes.

Ich stehe nicht dort, wo du herabsteigst und dich mir zu eigen machst, um dich an mein Herz zu drücken und dich als Gefährten zu erwählen.

Du bist der Bruder mitten unter meinen Brüdern, doch beachte ich sie nicht, teile meinen Lohn nicht mit ihnen, obwohl ich so doch auch alles mit dir teilte.

In Freud und Leid stehe ich nicht an der Seite der Menschen, obwohl ich so doch auch bei dir stünde. Ich scheue davor zurück, mein Leben hinzugeben, und tauche so auch nicht ein in die große Flut des Lebens.

78

Als die Schöpfung jung war und alle Sterne in ihrem ersten Glanze strahlten, kamen die Götter im Himmel zusammen und sangen: »O welch Bild der Vollkommenheit, welch ungetrübte Freude!«

Doch plötzlich rief einer: »Diese Kette des Lichts scheint irgendwo zerbrochen und einer der Sterne verloren!«

Die goldene Saite ihrer Harfe riss, ihr Lied verstummte, und sie riefen bestürzt: »Ach, der verlorene Stern war der Beste, er war die Zierde aller Himmel!«

Seit diesem Tag wird ruhelos nach ihm gesucht, und der Klageruf macht die Runde, die Welt habe mit ihm ihre einzige Freude verloren!

Nur in der tiefsten Stille der Nacht flüstern die Sterne sich lächelnd zu: »Vergeblich ist dieses Suchen! Überall herrscht ungebrochene Vollkommenheit!«

79

Sollte es mir nicht beschieden sein, dich in diesem Leben zu treffen, dann lass mich immer spüren, dass mir dein Anblick entging – lass es mich keinen Augenblick vergessen, lass mich die Schmerzen dieses Kummers in meinen Träumen und in meinen wachen Stunden ertragen.

Wenn meine Tage auf den geschäftigen Märkten dieser Welt verstreichen und sich meine Hände füllen mit dem täglichen Gewinn, lass mich immer spüren, dass ich nichts gewonnen habe – lass es mich keinen Augenblick vergessen, lass mich die Schmerzen dieses Kummers in meinen Träumen und in meinen wachen Stunden ertragen.

Wenn ich am Wegesrand sitze, erschöpft nach Atem ringe, wenn ich mir mein Lager im Straßenstaub bereite, dann lass mich immer spüren, dass mir meine lange Reise erst noch bevorsteht – lass es mich keinen Augenblick vergessen, lass mich die Schmerzen dieses Kummers in meinen Träumen und in meinen wachen Stunden ertragen.

Wenn mein Heim festlich geschmückt ist, wenn dort Flötenspiel und fröhliches Lachen erklingen, lass es mich immer spüren, dass ich dich nicht zu mir eingeladen habe – lass es mich keinen Augenblick vergessen, lass mich die Schmerzen dieses Kummers in meinen Träumen und in meinen wachen Stunden ertragen.

80

WIE EIN HERBSTLICHER WOLKENFETZEN treibe ich nutzlos am Himmel, o du, meine ewig herrliche Sonne! Deine Berührung hat meinen Nebeldunst noch nicht gelöst, mich noch nicht eins gemacht mit deinem Licht, also zähle ich weiter getrennt von dir die Monate und Jahre.

Wenn dies dein Wunsch und dein Spiel ist, dann nimm diese flüchtige Leere von mir, bemale sie mit Farben, vergolde sie, lass sie treiben im übermütigen Wind und zerstreue sie in mannigfache Wunder.

Doch sollte es dein Wunsch sein, dieses Spiel noch heute Nacht zu beenden, will ich zerfließen und in der Dunkelheit verschwinden, oder vielleicht auch im Lächeln des weißen Morgens, in der Kühle glasklarer Reinheit.

81

So manchen müssigen Tag grämte ich mich um die verlorene Zeit. Aber sie ist nie verloren, Herr. Du hast jeden Augenblick meines Lebens in deine Hände genommen.

Im Herzen der Dinge verborgen bringst du nährend den Samen zum Sprießen, die Knospen zum Erblühen und lässt die Blüten reifen zur Frucht.

Müde und schläfrig dämmerte ich auf meinem Lager und träumte, alle Arbeit würde ruhen. Doch am Morgen erwachte ich und fand meinen Garten voller Blumenwunder.

82

Die Zeit ist endlos, o Herr, in deinen Händen. Es gibt keinen, der deine Minuten zählt.

Tage und Nächte vergehen, Zeitalter erblühen und verwelken wie Blumen. Du verstehst zu warten.

Deine Jahrhunderte folgen einander, um eine kleine Wiesenblume zu vollenden.

Wir haben keine Zeit zu verlieren, nachjagen müssen wir deshalb unserem Glück. Wir sind zu arm, als dass wir uns verspäten dürften.

Und so kommt es, dass die Zeit verrinnt, während ich sie jedem mürrischen Menschen gewähre, der sie fordert, und dein Altar bleibt schließlich leer von allen Opfergaben.

Am Ende des Tages haste ich zu deinem Tor, aus Angst, es könne schon geschlossen sein; doch stelle ich fest: Es ist noch immer Zeit.

83

MUTTER, DIE TRÄNEN meines Kummers will ich aufreihen zu einer Perlenkette für deinen Hals.

Die Sterne haben ihre Spangen aus Licht gefertigt, um deine Füße zu schmücken, mein Geschmeide jedoch wird deinen Busen zieren.

Reichtum und Ruhm kommen von dir und es ist an dir, sie zu gewähren oder zu verwehren. Doch dieser Kummer von mir ist allein mein eigener, und wenn ich ihn dir als Opfergabe darbringe, belohnst du mich mit deiner Gnade.

84

Es ist das Weh der Trennung, das sich ausbreitet über die Welt und im unendlichen Himmel unzählbare Formen gebiert.

Es ist diese Pein der Trennung, die nächtelang schweigend Stern um Stern anstarrt und im regendunklen Juli im Rascheln der Blätter zur Poesie gerinnt.

Es ist dieser wuchernde Schmerz, der sich zu Liebe und Begehren vertieft, zu Leiden und Freuden im menschlichen Dasein; das ist es, was stets in Liedern durch mein Dichterherz strömt und pulsiert.

85

Als die Krieger zum ersten Mal aus ihres Meisters Halle traten, wo hatten sie da ihre Macht verborgen, wo ihre Rüstungen und Waffen?

Armselig sahen sie aus und hilflos, die Pfeile hagelten auf sie herab, am Tag, als sie aus der Halle ihres Meisters traten.

Als die Krieger wieder zurückmarschierten in ihres Meisters Halle, wo verbargen sie da ihre Macht?

Sie hatten Schwert und Pfeil und Bogen sinken lassen, Frieden stand auf ihrer Stirn geschrieben, und sie hatten die Früchte ihres Lebens hinter sich zurückgelassen, am Tag, als sie wieder einmarschierten in die Halle ihres Meisters.

86

Der Tod, dein Diener, steht an meiner Tür. Er kam über das unbekannte Meer und hat mir deinen Ruf zur Heimkehr überbracht.

Die Nacht ist finster und mein Herz voller Furcht – dennoch will ich meine Lampe nehmen, meine Tür öffnen und mich zum Willkommen vor ihm verbeugen. Es ist dein Bote, der da vor meiner Tür steht.

Ich werde ihm mit gefalteten Händen und Tränen meine ehrfürchtige Verehrung erweisen und den Schatz meines Herzens zu Füßen legen.

Nachdem er seinen Auftrag erfüllt hat, wird er wieder fortgehen und einen dunklen Schatten auf meinem Morgen hinterlassen. In meinem trostlosen Zuhause wird nur mein verlorenes Selbst zurückbleiben, als meine letzte Opfergabe – für dich.

87

Voll verzweifelter Hoffnung mache ich mich in allen Winkeln meines Zimmers auf die Suche nach ihr, doch kann ich sie nicht finden.

Mein Haus ist klein und was einmal von ihm ging, kann nie zurückgewonnen werden.

Doch unermesslich groß ist dein Palast, Herr, und auf der Suche nach ihr gelangte ich an dein Tor.

Ich stehe unter dem goldenen Baldachin deines Abendhimmels und schaue mit sehnsüchtigen Augen auf zu deinem Angesicht.

Bis an den Rand der Ewigkeit bin ich gekommen, von wo nichts verschwinden kann – keine Hoffnung, kein Glück und auch nicht der tränenverhangene Anblick eines Gesichts.

Ach, tauche mein entleertes Leben in dieses Meer, versenke es in die tiefste Fülle. Lass mich im allumfassenden Weltenraum ein einziges Mal diese köstliche verloren gegangene Berührung spüren.

88

Gottheit des zerstörten Tempels! Die gerissenen Saiten der Vina[7] erklingen nicht mehr zu deinem Lobpreis. Die Abendglocken rufen nicht mehr zu deiner Anbetung. Die Luft schweigt still über dich.

In deine verödete Behausung weht die unstete Brise des Frühlings und bringt die Kunde von Blumen, die dir als Opfergabe nicht mehr dargebracht werden.

Einer, der dich einst anbetete, zieht wandernd umher, voller Verlangen nach der noch immer verwehrten Gnade. Wenn sich in der Abendstunde Feuer und Schatten mit dem Dunst des Staubes vermischen, kehrt er mit hungrigem Herzen erschöpft zum zerstörten Tempel zurück.

Manch ein Festtag zieht stumm an dir vorüber, du Gottheit des zerstörten Tempels. Manche Nacht des Tempeldienstes verstreicht, ohne dass eine Lampe entzündet würde.

Viele neue Götterbilder werden von kunstfertigen Meistern in Stein gemeißelt und zum heiligen

Strom des Vergessens getragen, wenn ihre Zeit gekommen ist.

Nur die Gottheit des zerstörten Tempels bleibt in ewiger Missachtung ohne Anbetung.

89

Keine lärmenden, lauten Worte mehr von mir – so will es mein Meister. Fortan werde ich nur flüstern. Mein Herz wird statt zu sprechen leise Lieder summen.

Menschen eilen zum Markt des Königs. Alle Käufer und Verkäufer finden sich dort ein. Doch ich werde mich vorzeitig verabschieden, schon zu Mittag, wenn am meisten zu tun ist.

Lass dann die Blumen in meinem Garten erblühen, auch wenn es noch zu früh dafür ist; und lass die Mittagsbienen ihr träges Summen anstimmen.

Manche lange Stunde habe ich im Kampf um Gut und Böse verbracht, doch jetzt gefällt es dem Spielgefährten meiner leeren Tage, mein Herz zu sich zu ziehen; und ich weiß nicht, warum mich dieser plötzliche Ruf zu eitler Ziellosigkeit ereilt!

90

WAS WILLST DU DEM TOD kredenzen an dem Tag, an dem er an deine Tür klopft?

Ach, ich werde meinem Gast das gefüllte Gefäß meines Lebens vorsetzen – nie würde ich ihn mit leeren Händen gehen lassen.

Die köstliche Weinlese all meiner Herbsttage und Sommernächte, die ganze Ernte und allen Ertrag meines erfüllten Lebens werde ich ihm darbieten, wenn der Tod am Ende meiner Tage an meine Tür klopft.

91

O DU LETZTE ERFÜLLUNG meines Lebens, Tod, mein Tod, komm und flüstre mir zu!

Tag für Tag habe ich Ausschau gehalten nach dir; für dich habe ich die Freuden und Schmerzen des Lebens ertragen.

Alles, was ich bin, was ich habe, was ich erhoffe, all meine Liebe ist in geheimen Tiefen schon immer zu dir geflossen. Ein letzter Blick aus deinen Augen und mein Leben wird für immer dein sein.

Die Blumen sind zu Girlanden geflochten und warten auf den Bräutigam. Nach der Vermählung wird die Braut ihr Heim verlassen, um in der Einsamkeit der Nacht ganz allein ihren Herrn zu treffen.

94

Wünscht mir in dieser Stunde des Abschieds viel Glück, meine Freunde! Am Himmel schimmert schon das Morgenrot, und mein Weg liegt in aller Schönheit vor mir.

Fragt nicht, was ich mitnehmen werde. Ich begebe mich mit leeren Händen und erwartungsvollem Herzen auf meine Reise.

Ich lege mein Hochzeitsgewand an, nicht den rotbraunen Kittel der Pilger, und ist der Weg auch voller Gefahren, trage ich keine Furcht im Herzen.

Der Abendstern wird aufgehen, wenn meine Reise zu Ende ist, und am Torweg des Königs werden die wehmütigen Weisen der Dämmerung erklingen.

95

ICH NAHM DEN AUGENBLICK nicht wahr, als ich zum ersten Mal die Schwelle zu diesem Leben überschritt.

Welche Macht war es, die mich öffnete für dieses unermessliche Geheimnis, wie eine Knospe im Wald zur Mitternacht?

Als ich am Morgen das Licht schaute, spürte ich augenblicklich, dass ich auf dieser Welt kein Fremder war, dass der Unergründliche ohne Namen und Form mich in Gestalt meiner Mutter in die Arme geschlossen hat.

Genauso wird im Tod derselbe Unbekannte mir als wohlvertraut erscheinen. Und weil ich dieses Leben liebe, weiß ich, dass ich auch den Tod lieben werde.

Das Kind schreit auf, wenn die Mutter es fortnimmt von der rechten Brust, um im nächsten Augenblick an der linken seinen Trost zu finden.

96

Wenn ich von hier fortgehe, sollen dies meine Abschiedsworte sein: Was ich gesehen, ist unübertrefflich.

Ich habe vom verborgenen Nektar der Lotosblume gekostet, die sich auf dem Meer des Lichts entfaltet, somit bin ich gesegnet – dies sollen meine Abschiedsworte sein.

Auf dieser Bühne unendlicher Formen hatte ich meinen Auftritt, und hier habe ich ihn erblickt, der ohne Form ist.

Mein ganzer Leib und all meine Glieder erbebten unter der Berührung desjenigen, der doch jenseits aller Berührung ist; und wenn jetzt das Ende naht, lasst es kommen – dies sollen meine Abschiedsworte sein.

97

Solange mein Spiel mit dir währte, fragte ich nie, wer du seist. Ich kannte weder Scheu noch Furcht, mein Leben war voller Ungestüm.

Früh am Morgen riefst du mich aus dem Schlaf wie ein Gefährte und führtest mich im Lauf von Lichtung zu Lichtung.

In jenen Tagen kümmerte ich mich nicht um den Sinn der Lieder, die du für mich gesungen hast. Ich stimmte fröhlich mit ein und mein Herz tanzte dazu.

Jetzt, wo unser Spiel vorüber ist, welch jäher Anblick bietet sich mir? Voller Ehrfurcht steht die Welt mit all ihren schweigenden Sternen da, den Blick auf deine Füße gerichtet.

98

ICH WERDE DICH MIT DEN TROPHÄEN und Siegeskränzen meiner Niederlagen schmücken. Es steht nicht in meiner Macht, unbesiegt zu entkommen.

Ich weiß, mein Stolz wird zerbrechen, mein Leben wird voller Schmerz seine Fesseln sprengen wollen, mein leeres Herz wird wie ein hohles Schilfrohr aufschluchzen und Steine werden zu Tränen zerschmelzen.

Doch ich weiß, die hundert Blütenblätter der Lotosblume werden nicht für immer geschlossen bleiben, ihre geheime Honignische wird offenbar.

Aus dem blauen Himmel wird ein Auge auf mich schauen und mich schweigend rufen. Nichts wird mir bleiben, gar nichts, nur den bloßen Tod werde ich zu deinen Füßen empfangen.

99

Wenn ich das Steuerruder aus der Hand gebe, weiß ich, es ist Zeit für dich geworden, es zu übernehmen. Was zu tun ist, wird augenblicklich getan. Vergeblich jeder Kampf.

Drum lasse los, mein Herz, und füge dich schweigend in die Niederlage. Betrachte es als Glück, ganz still zu sitzen an dem Platz, den man dir zuwies.

Meine Lampen werden von jedem kleinen Windstoß ausgeblasen, und versuche ich, sie wieder anzuzünden, vergesse ich wieder und wieder alles andere.

Doch dieses Mal werde ich so klug sein, im Dunklen zu warten, meine Matte auf dem Boden auszubreiten; und wann immer es dir beliebt, Herr, komme schweigend herbei und lasse dich an meiner Seite nieder.

100

ICH TAUCHE HINAB in die Tiefen des Meeres der Formen in der Hoffnung, die vollkommene Perle des Formlosen zu erlangen.

Kein Segeln mehr von Hafen zu Hafen in meinem verwitterten Boot. Lang vorbei ist die Zeit, als es mir eine Lust war, mich zum Spielball der Wellen zu machen.

Jetzt drängt es mich, ins Ewige hinein zu sterben.

In den Vorhof des bodenlosen Abgrunds, wo die Melodie tonloser Saiten anschwillt, will ich meines Lebens Harfe bringen.

Ich werde sie auf den Ton des Immerwährenden stimmen, und hat sie ihren letzten Seufzer getan, lege ich meine verstummte Harfe dem Schweigenden zu Füßen.

101

Mein ganzes Leben lang habe ich dich mit meinen Liedern gesucht. Sie haben mich von Tür zu Tür geführt, mit ihnen habe ich suchend und tastend meine Welt erspürt.

Meine Lieder lehrten mich alle Lektionen, die ich je gelernt. Sie wiesen mir geheime Pfade und ließen mich so manchen Stern am Horizont meines Herzens erblicken.

Sie führten mich, so lang der Tag währte, zu den Mysterien im Reich der Freuden und Schmerzen. Und was ist dies für ein Palasttor, zu dem sie mich am Abend am Ende meiner Reise schließlich gebracht?

102

Ich prahlte vor den Leuten damit, dich zu kennen. Sie sehen deine Bilder in all meinen Werken. Sie kommen und fragen: »Wer ist er?« Ich weiß nicht, was ich ihnen antworten soll. Ich sage: »Ich kann es wirklich nicht sagen.« Sie beschimpfen mich und gehen voller Verachtung fort. Und du sitzt lächelnd da.

Ich webte meine Geschichten von dir in Lieder, die die Zeit überdauern. Das Geheimnis bricht aus meinem Herzen hervor. Sie kommen und fordern: »Verrat uns, was diese Lieder bedeuten!« Ich weiß nicht, was ich ihnen antworten soll. Ich sage: »Ach, wer weiß schon, was sie bedeuten.« Sie lachen und gehen spottend fort. Und du sitzt lächelnd da.

103

ALS EINEN EINZIGEN GRUSS an dich, Gott, lass all meine Sinne sich entfalten und diese Welt zu deinen Füßen berühren.

Wie eine Regenwolke im Juli, die von ihrer Last der nicht vergossenen Schauer zu Boden gedrückt wird, lass meinen Geist sich an deiner Tür verneigen, als einen einzigen Gruß an dich.

Lass all meine Lieder ihre Melodien zu einem Strom vereinen und in das Meer der Stille münden – als einen einzigen Gruß an dich.

Wie ein Schwarm von Kranichen, die krank vor Heimweh Tag und Nacht zu ihren Nestern in den Bergen zurückfliegen, so lass mein ganzes Leben eine Reise sein zu seinem ewigen Heim – als einen einzigen Gruß an dich.

ÜBER DIESES BUCH

Als Rabindranath Tagore sich 1912 vor einer Reise nach England von einer schweren Krankheit erholte, übersetzte er die vorliegenden 103 Gedichte ins Englische, um sie auch Lesern, die der bengalischen Sprache nicht mächtig sind, zugänglich zu machen. Obwohl die Sammlung den Titel *Gitanjali* (*Song Offerings*, zumeist mit »Sangesopfer« oder »Liedopfer« übersetzt) trägt, ist sie inhaltlich nicht identisch mit der gleichnamigen bengalischen Gedichtsammlung. Tagores Übersetzung enthält Auszüge aus den Sammlungen *Gitanjali*, *Naivedya* und *Kheya*, sowie weitere, vornehmlich in Zeitschriften veröffentlichte Gedichte. Tagore hat die Versform der Gedichte in eine freie Prosa übertragen, die zum Teil nicht unerheblich von der bengalischen Fassung abweicht. Somit ist das englische *Gitanjali* als eigenständiges englisches Werk Tagores zu betrachten. Bei aller Fremdheit werden dem westlichen Leser die Anklänge an Liebesmystik und Pantheismus wohl am Vertrautesten sein – Gott tritt dem Menschen als Geliebter und in allen Wesen und Dingen gegenüber.

Das Manuskript mit den englischen Gedichten gelangte in London über Tagores Freund, den Maler William Rothenstein (der auch das Frontispiz zum Buch beigesteuert hat), in die Hände von William Butler Yeats, der das Vorwort zur ersten Veröffentlichung verfasste. Zuerst erschien das Buch 1912 in London als Privatdruck der Indian Society, im März 1913 dann ebenfalls in London bei Macmillan. Für dieses Buch hat Tagore 1913 dann als erster Nichteuropäer den Literaturnobelpreis erhalten.

Axel Monte

ANMERKUNGEN

[1] *Britische Museum:* Dort befand sich die weltberühmte British Museum Library.

[2] Die so genannte »bengalische Renaissance« war eine religiöse, politische und kulturelle Erneuerungsbewegung im 19. Jahrhundert, ausgehend von Raja Rammohan Roy (1772–1833), die nicht unwesentlich von Mitgliedern der Tagore-Familie getragen wurde.

[3] *Brahmo Samaj:* Indische Reformgemeinde, 1828 von Rammohan Roy in Kalkutta gegründet.

[4] *Maharishi:* Etwa »großer Seher«, hier Ehrenbezeichnung für Debendranath Tagore (1817–1905); die Rishis waren die Barden der vedischen Hymnen, die von ihnen »geschaut« wurden.

[5] *Pelanore:* König Pellinore, Gestalt aus der Artussage.

[6] *Maya:* Sanskrit »Trugbild, Täuschung, List, Zauber«.

[7] *Vina:* Indisches Saiteninstrument.